O ROUXINOL E O IMPERADOR

O ROUXINOL E O IMPERADOR

DE HANS CHRISTIAN ANDERSEN

POR TAISA BORGES

麗園筵厨

中

麗團笙歌
麗團笙歌

Sobre a autora

Taisa Borges é artista plástica e estilista com formação na École Nationale Supérieure des Beaux-Arts, de Paris, e no Studio Berçot, também de Paris, escola de pesquisa e criação em estilismo. No Brasil, integrou a Cooperativa de Moda nos anos 1990 e fez ilustrações para o jornal Folha de S. Paulo (caderno Ilustrada e Revista da Folha) e para a revista Vogue, entre outras publicações. Dedicou-se a desenhos de estampas de tecidos e coordenou a seção de estamparia de produtos para cama e mesa para exportação da empresa Motivos Brasileiros.

É responsável pela "cara" da Peirópolis, editora que a lança como autora com o livro de imagem O *rouxinol e o imperador,* adaptação do conto de mesmo nome de Hans Christian Andersen (1805-1875), em homenagem ao bicentenário de nascimento desse escritor dinamarquês.

Editora
Renata Farhat Borges

Editora de literatura infantojuvenil
Denyse Cantuária

Coordenação editorial
Noelma Brocanelli

Editoração eletrônica
Luciano Bernardes

Impressão
Prol gráfica

1ª impressão, 2005 | 5ª reimpressão, 2012
Editado conforme Acordo Ortográfico da Língua Portuguesa de 1990.

Dados Internacionais de Catalogação na Publicação (CIP)

Borges, Taisa
O rouxinol e o imperador/ de Hans Christian Andersen;
por Taisa Borges. – São Paulo: Peirópolis, 2005

Título original: Le rossignol
ISBN 978-85-7596-063

1. Literatura infantojuvenil. 2. Livros ilustrados para crianças.
I. Andersen, Hans Christian, 1805-1875. II. Título.

05-8911 CDD-741-642

Índices para catálogo sistemático:
1. Livros infantis ilustrados 741-642
Editora Fundação

Editora Peirópolis Ltda.
Rua Girassol, 128 – Vila Madalena
05433-000 – São Paulo/SP
Tel.: 11 3816-0699 Fax: 11 3816-6718
vendas@editorapeiropolis.com.br
professor@editorapeiropolis.com.br
www.editorapeiropolis.com.br